D0979200

Les Éditions du Boréal
4447, rue Saint-Denis
Montréal (Québec) H2J 2L2
www.editionsboreal.qc.ca

La forêt qui marche

La Fusée d'écorce, roman, Boréal, 1995.

Bernard Boucher

La forêt qui marche

Boréal

Les Éditions du Boréal remercient le Conseil des Arts du Canada
ainsi que le ministère du Patrimoine canadien et la SODEC
pour leur soutien financier.

Les Éditions du Boréal bénéficient également du Programme de crédit
d'impôt pour l'édition de livres du gouvernement du Québec.

Illustrations : Alain Reno

© 2000 Les Éditions du Boréal
Dépôt légal : 4ᵉ trimestre 2000
Bibliothèque nationale du Québec

Diffusion au Canada : Dimedia
Distribution et diffusion en Europe : Les Éditions du Seuil

Données de catalogage avant publication (Canada)
    Boucher, Bernard, 1950-

    La forêt qui marche

    (Boréal Junior ; 68)

    Pour les jeunes de 10 ans et plus.

    ISBN 2-7646-0058-5

    I. Reno, Alain. II. Titre. III. Collection.

PS8553.07795F67	2000	jC843'.54	C00-941536-X
PS9553.07795F67	2000		
PZ23.B68FO	2000		

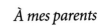

À mes parents

Certes la peur vécue
Est moindre que l'horreur que l'on imagine
WILLIAM SHAKESPEARE, *Macbeth*

1

ANTOINETTE CRAINT QUE LE MOIS D'AOÛT SE TERMINE MAL

28 août 1814

— Daniel, Thomas, venez vite, le pire va arriver !

— Qu'est-ce que tu as ? Tu es complètement affolée, parle.

— Non, pas ici, les gens pourraient nous entendre ; allons plus près de la rivière, le bruit de l'eau couvrira nos paroles.

— Antoinette, mais qu'est-ce que tu as ?

Les deux garçons ne comprenaient pas pourquoi leur sœur aînée se trouvait soudain épouvantée.

— Plus vite !

— Quel malheur va nous tomber dessus ? Notre père s'est perdu en mer, c'est ça ? demanda Daniel, le plus grand des deux, sans y croire.

— Non, j'ai peur pour Mathurin et Nicolas depuis que j'ai entendu ce que les autres laveuses ont rapporté ce matin.

— Pourquoi t'en faire pour eux ? Nous sommes les seuls à connaître leur secret !

— Vous avez vu la goélette qui a jeté l'ancre à courte distance du rivage hier pendant l'orage ! reprit Antoinette. C'est la *Trois-Mille-Clous*, la goélette de l'abbé Painchaud qui se dirigeait vers La Pocatière. Il naviguait dans la tempête et, lorsqu'il a entendu des cris provenant de la forêt, il a su qu'il se trouvait à la hauteur de la Madeleine. Comme il cherchait de toute manière un endroit où se mettre à l'abri,

les vagues faisant tanguer dangereusement son bateau, il a choisi de venir se réfugier sous le cap, dans l'embouchure de la rivière. L'abbé a dormi chez le Normand et, ce matin, à la barre du jour, après avoir pris un copieux repas, il a dit à ses marins : « Laissez-moi aller seul dans la direction du Braillard et je promets que je vais l'apaiser. » Sur ce, il a mis une hache à sa ceinture et il est entré dans le bois.

— Rassure-toi, Antoinette, ça fait une éternité que les gens entendent le Braillard, et personne ne sait encore de quoi il s'agit.

— Daniel, c'est la vérité, mais aujourd'hui il vente et tu entends ses cris aussi bien que moi. C'est la première fois qu'un homme ose partir à sa recherche pendant qu'il hurle sa complainte, et un abbé en plus. Dis-lui, Thomas, qu'il faut sauver Nicolas et Mathurin.

— C'est vrai, Daniel, nous ne pouvons pas rester là à ne rien faire pendant qu'ils courent un danger, fit enfin Thomas, éberlué.

Antoinette se ressaisit et dit :

— Daniel a raison. J'admets que l'été a été terrible, que la pluie, le tonnerre et les éclairs nous ont malmenés, mais la nervosité ne doit pas nous faire commettre d'erreurs. L'abbé qui avance dans la forêt risque de faire un geste irréparable. Prenons le temps de réfléchir à ce que nous allons faire. Nos souvenirs vont nous aider. Oui. Rappelez-vous le mois de mai, lorsque la famille a emménagé dans la maison, puis il y a eu le début de la saison de pêche et est arrivé ce jour, inoubliable, où nous avons entendu parler du Braillard pour la première fois.

2

DE RETOUR EN MAI LORSQUE LES ENFANTS RENCONTRENT MÉPHISTOPHÉLÈS, LE NORMAND

Mai 1814

C'était le printemps de 1814 et la famille Boulay pêchait dans le golfe Saint-Laurent. Elle occupait pour la saison une maison rudimentaire. Quelques abris de planches, des entrepôts et des remises constituaient le poste de pêche. Pas moins de cinq familles s'étaient installées sur les bords de la rivière de la Madeleine. Une seule y habitait à longueur d'année. Il s'agissait d'une famille normande dont l'aïeul avait une barbe blanche qui lui descendait jusqu'à la ceinture.

Vigoureux et moqueur, il pêchait encore en dépit de son très grand âge. Le vieux aimait apeurer les enfants avec ses récits remplis d'animaux fantastiques et de démons cachés dans la forêt et les eaux. Les Boulay, Antoinette, Daniel et Thomas, lui trouvaient une allure de fin du monde qui lui vaudrait un jour le surnom de Méphistophélès. Personne ne savait exactement combien d'hivers les Normands avaient passés seuls dans ce hameau secoué par le vent.

Le père Boulay expliqua à ses enfants que leur famille était originaire du Perche comme d'autres de Bretagne ou de Normandie. Ces enseignements leur permirent de comprendre pourquoi chacun parlait du Breton, du Normand ou du Basque au sujet de ses voisins : on désignait tout simplement l'autre selon le *pays*

de ses ancêtres. Le vieillard barbu et sa famille se dénommaient les Normands parce qu'ils venaient de Normandie. Une provenance qui se reconnaissait dans le parler, les légendes, les musiques et dans la version que chacun donnait du passé. Des versions évidemment variées et souvent divergentes. Les nombreuses discussions que ces histoires soulevaient parmi leurs descendants engendraient d'inévitables confrontations. Elles étaient pour la plupart ponctuées de chicanes. Tout cela remontait à des querelles anciennes.

Le Perche se trouvait très loin de la mer. De tradition, ses habitants, les Percherons, ne connaissaient donc rien à la pêche. Sauf que le père Boulay raconta qu'il avait choisi ce métier par goût; après avoir connu la mer, il ne voulait plus s'en éloigner. Par goût, par amour à vrai dire, et par nécessité de nourrir sa famille.

Un choix qui réjouissait les enfants. La vie dans un poste de pêche ne représentait toutefois pas un congé pour eux. La subsistance de la famille exigeait que tous travaillent. Comme leurs parents, ils devaient s'astreindre à la tâche de l'aurore à la nuit.

Le dimanche, libérés de leurs obligations, ils remontaient la rivière pour scruter les bois. C'était le seul jour où il leur était permis, beau temps mauvais temps, de prendre congé. Ils voulaient en profiter à tout prix. Sous la conduite d'Antoinette, le trio devenait un escadron d'explorateurs qui s'enfonçait dans la Gaspésie sauvage où, croyaient-ils à tort, personne n'avait jamais mis les pieds.

3

La légende du Braillard de la Madeleine

Le Braillard de la Madeleine ne laissait personne indifférent. Impossible. Ses cris amplifiés par l'écho se muaient en mugissements. La nuit, leurs accents plaintifs devenaient lugubres et effrayaient même les esprits les plus solides. Ce mystère persistait depuis de très nombreuses années, des siècles selon les chroniqueurs.

La rivière de la Madeleine était partout célèbre pour ses histoires de revenants. Les pêcheurs ne la fuyaient pas pour autant.

Au contraire, ce poste de pêche attirait ceux qui descendaient le fleuve à la recherche d'un endroit poissonneux. Ils étaient aussitôt séduits. Les qualités du havre les forçaient à maîtriser la peur.

À l'abri du cap, protégé des vents dominants, la rivière glissait derrière une langue de sable qu'on appelle un barachois. Les embarcations y manœuvraient en toute sécurité. Autrement, sans la protection de ce rempart naturel, la houle du golfe chavirait, même par une journée ensoleillée, des barques pourtant construites pour sortir en haute mer. Entre la falaise et le barachois coiffé d'arbres, où elle effectuait une longue courbe, la rivière terminait dans le calme sa tumultueuse traversée des montagnes.

Les cabanes des pêcheurs, qu'on appelait pompeusement des maisons, changeaient d'occupants tous les étés. La plus solide, celle du Normand, construite sous le cap, constituait le cœur du hameau. Les

habitants s'y retrouvaient pour la conversation. C'est là qu'on apprenait l'histoire
du pays, les histoires d'avant la guerre de
Sept Ans contre l'Angleterre, qu'on entendait la relation d'événements réels ou ima-
ginaires survenus sur la côte depuis toujours. Les voyageurs arrivés par hasard,
les humbles missionnaires ou les visiteurs
réputés, comme l'abbé Painchaud, y lo-
geaient à l'aise.

— Soyez les bienvenus sur la terre des
Démons. Ne vous laissez pas effrayer par
les grincements de la demoiselle et de son
bien-aimé, ironisait le Normand, aubergiste
d'occasion, à l'intention de ses visiteurs.

Il se faisait encore plus cinglant lorsque
le missionnaire de Gaspé, arrivé par le che-
min des grèves, essayait de l'amadouer :

— Vous avez quelque chose contre les
histoires d'amour, monsieur le curé ? lui
demandait-il.

Non seulement le vieux avait une barbe
blanche qui lui descendait jusqu'à la

ceinture, mais la peau de son visage, ravinée par l'air salin de la mer, lui donnait une allure satanique. Sous le rebord de son chapeau de toile, ses yeux malins pétrifiaient ses interlocuteurs.

En mai, dès l'arrivée de la famille Boulay dans le hameau, il prit les enfants à part et s'empressa de leur donner sa version du Braillard :

— Je vous le dis, raconta-t-il à Antoinette et à ses frères, ce que vous avez entendu dans le vent, ce sont les pleurs de la demoiselle Marguerite de Roberval. Laissez-moi vous enseigner votre histoire, petits ignorants, fit-il d'un air faussement sérieux. L'oncle de Marguerite, le sieur de Roberval, en route vers Québec, l'a abandonnée sur cette terre avec son amoureux en 1542. Le seigneur avait reçu le mandat du roi François Ier de voir au peuplement de la Nouvelle-France. Au cours de la traversée de l'Atlantique, il a cru que le chéri de Marguerite complotait pour le tuer. Il a arrêté son navire au large et a ordonné à un matelot de les conduire à terre en chaloupe.

— Et comment savez-vous que ce sont eux? demanda Antoinette, imperturbable.

— Parce qu'il y avait avec le couple une vieille maquerelle de mes ancêtres, qui était la servante de ladite demoiselle. Cette chipie, cette duègne de Damienne a eu la mauvaise idée de cacher les amours des jeunes du regard du seigneur. Pour la punir, il l'a laissée en pâture aux bêtes sauvages avec les deux autres. C'était une bande de démons. Toute la Normandie l'a su et je l'ai appris dans ma jeunesse.

Le vieux abandonna les enfants avec ses explications bien originales de la complainte qui surgissait de la forêt dès qu'une tempête se levait.

— Méphistophélès! dit Antoinette, relevant le nez de défi.

À compter de ce jour, les enfants le surnommeraient ainsi.

La version du Normand n'était pas la seule. On racontait aussi que les plaintes sinistres qui s'échappaient de la forêt provenaient d'un être fantastique, d'un géant à jamais prisonnier des arbres, peut-être le descendant d'une ogresse amérindienne ?

Pour d'autres, le Braillard représentait les appels au secours d'une âme en peine, celle d'un fantôme égaré dans la montagne. Ou encore, peut-être s'agissait-il d'un esprit tourmenté, de l'âme d'un naufragé errant dans la nature, de celle d'un meurtrier qui voulait expier sa peine. On parlait du squelette d'un prêtre gémissant sur les grèves pour avoir refusé de baptiser un enfant mourant. Une des versions les plus tristes voulait qu'on ait entendu les pleurs d'un garçon de trois ans déposé sur les galets par un chien ; il continuait de se plaindre, réclamant ses parents disparus dans un naufrage dont il aurait été le seul survivant.

L'abbé Charles-François Painchaud, lorsqu'il entra dans le bois à la fin de l'été de 1814, une hache à la ceinture, pendant que sa goélette tirait sur son ancre dans le courant de la rivière de la Madeleine, ne se doutait nullement que la véritable histoire du Braillard n'était aucune de celles qu'il connaissait.

4

AU DÉBUT DE JUIN, LES ENFANTS CHAVIRENT DANS LA RIVIÈRE

5 juin 1814

Antoinette célébrerait ses quatorze ans avant la fin de l'été. Brune, aux gestes vifs et d'apparence quelque peu fragile, elle se montrait toutefois déterminée et ne rechignait pas à l'ouvrage. Dans le but de l'asticoter, le Normand lui fit remarquer qu'il ne se trouvait par malheur dans le hameau aucun garçon de son âge pour apprécier l'éclosion de son charme.

Elle travaillait toute la journée avec ses

frères. Quand les enfants ne retournaient pas le poisson qui séchait sur la grève, ils essayaient d'attraper un lièvre ou une perdrix pour nourrir la famille.

La préparation de la morue ne constituait pas la seule obligation d'Antoinette. Avec les femmes du poste de pêche, elle se rendait, une ou deux fois la semaine, laver le linge dans la rivière. Les laveuses entraient en groupe dans une fosse où le courant se trouvait ralenti par des pierres, et en chantant elles y frottaient les vêtements avec des blocs de savon jaunâtre.

De l'eau froide jusqu'aux genoux, Antoinette regardait la Madeleine descendre du fond des bois. Cela renouvelait chaque fois son désir de découvrir les secrets qui se camouflaient dans les méandres de la rivière, des secrets comme il s'en cachait derrière le visage des citadins quand elle se rendait chez sa tante à Québec. La forêt lui inspirait confiance, disait-elle. Ses jeunes frères, audacieux, n'attendaient que l'occasion de partir à sa suite. Daniel, presque aussi grand qu'elle, onze ans, foncé, les yeux bleus, était devenu depuis leur arrivée à la rivière de la Madeleine son protecteur et son complice. Plus jeune, Thomas se comportait certains jours comme les grands, d'autres comme le tout petit de sa maman. Leur première escapade ne tarda pas à se produire, un dimanche forcément, peu après le commencement de la saison de la pêche.

— T'as pas choisi ta journée ! cria Daniel.

— Non, je ne l'ai pas choisie et tu sais pourquoi autant que moi, répondit Antoinette.

— N'empêche que tu aurais pu attendre un autre dimanche.

— Rame, Daniel, et cesse de te plaindre !

— Antoinette, allons plus près de la rive, sinon le remous va renverser la chaloupe dans la rivière, supplia Daniel.

— Thomas, cesse de pleurer ! Tu vois bien que tu lui fais peur avec tes lamentations, reprocha-t-elle à Daniel.

— La pluie est froide, le courant est déchaîné, il nous empêche de gouverner, et tu voudrais que je reste calme ! J'étais d'accord pour remonter la rivière avec toi, mais pas de me tuer. Écoute-moi, Antoinette, tête dure, rapprochons-nous du bord et nous pourrons accoster sans chavirer, dit Daniel qui essayait d'être convaincant.

— Tu exagères !

— Je vois un sentier derrière les bouleaux, nous marcherons. Tu reviendras chercher la chaloupe demain soir ou un autre jour, lorsque le temps sera plus beau.

Pendant que Daniel y allait d'une dernière supplication, que Thomas continuait de pleurer de peur et de froid, Antoinette dirigeait sans qu'il y paraisse l'embarcation vers la berge. Alors qu'ils se croyaient en sécurité à proximité de la rive, les trois enfants se levèrent en même temps sans se consulter et mirent le pied en dehors du même côté. C'est ainsi qu'ils se retrouvèrent tous à l'eau, honteux, la chaloupe renversée glissant à la dérive, sans aucun moyen de la rattraper. Cela se passait au début de la saison de pêche, bien avant que la *Trois-Mille-Clous* ne jette l'ancre dans l'embouchure de la rivière de la Madeleine.

5

COMMENT DES BOULEAUX SAUVENT DANIEL ET THOMAS DE LA NOYADE

Antoinette et ses frères pataugeaient dans la rivière encore glaciale en ce début du mois de juin. Daniel essayait de rattraper la chaloupe, mais le courant neutralisait ses pas. Il tomba. Pendant ce temps, Antoinette, les jupes enroulées autour des mollets, s'affolait de ne plus apercevoir Thomas. Elle se retourna pour appeler Daniel et découvrit qu'il avait disparu lui aussi. L'embarcation dérivait vers le centre de la rivière, emportée par le courant.

La situation devenait tragique aux yeux d'Antoinette. Elle toupinait non loin de la rive où les arbres penchaient sur les flots. Elle ne pensait qu'à ses frères et à la façon de se sortir de cette position. Tout à coup, elle lâcha tous les cris de son ventre, toute la peur de ses yeux de ne plus voir ni Thomas, ni Daniel. Elle hurla, dans la pluie, d'une voix qui s'ajouta à la détresse du temps. Antoinette restait debout avec peine, seule, trop éloignée du poste de pêche pour que quiconque l'entende. Sa peur lui retomba sur la tête comme l'averse.

« Je ne peux sortir de la rivière sans mes frères », se disait-elle. Dans cette contrée où il y avait peu d'enfants, ceux-ci s'étaient liés très fort les uns aux autres. Elle était le chef de la meute et elle partageait de nombreux secrets avec eux. Ils ne pouvaient pas disparaître si bêtement. « Ils se sont noyés », finissait-elle par s'avouer lorsqu'elle vit soudain Daniel refaire

surface après d'abominables secondes. Il avançait vers la berge.

— Accroche-toi !

Ce qu'il fit, se saisissant d'un rameau de bouleau qui se balançait au-dessus de lui, en même temps qu'il perçut le cri de sa sœur.

— Je ne vois plus Thomas, poursuivit-elle.

Daniel se retenait de toutes ses forces à la branche qu'il serrait entre ses mains glacées. Il avait de l'eau jusqu'à la taille.

— Thomas, Thomas !

Antoinette se vidait les poumons sans que le benjamin de la famille réapparaisse nulle part. Daniel touchait la rive où il serait enfin en sécurité. Il se cramponnait à l'immense bouleau accueillant qui avait poussé en contrebas de la berge, les racines sous le lit de la rivière. Son tronc ferme croisait vers le milieu un autre bouleau tout aussi solide. Les branches de ce dernier s'étendaient très loin au-dessus de l'eau, dont elles camouflaient le bord. Les deux arbres formaient une cachette ombragée où il était possible de se dissimuler à la vue. C'est là que Thomas avait échoué, muet de peur.

6

DEUX JOURS PLUS TARD, LES GARÇONS FONT UNE FUGUE

7 juin 1814

Deux jours à peine après avoir chaviré, les frères Boulay s'enfuirent dans le sentier rempli de fardoches qui longeait la rivière.

— Antoinette, as-tu vu tes frères? demanda leur mère, qui courait dans toutes les directions à leur recherche. J'ai besoin d'eux pour empiler de la morue séchée. Même le Normand, qui a le nez fourré partout, prétend ne pas savoir où ils sont. Celui-là! Il a pourtant passé la soirée d'hier à leur raconter je ne sais quoi jusqu'à la brunante. Je ne serais pas surprise d'apprendre qu'il leur a inventé une autre de ses histoires du temps où le pays était encore aux mains des Français. Ce n'est pas sans raison que tes frères m'ont paru avoir le sommeil agité. Et voilà que je les cherche partout; ils ont disparu.

— Si Méphistophélès admet son ignorance, il faut s'attendre au pire.

— Tu vas nous attirer des malheurs, cesse de dire des sottises et aide-moi à les retrouver. Va voir du côté de la grotte qu'ils ont découverte derrière notre entrepôt, je vais commencer le travail à leur place, en les attendant.

— J'ai mis du linge à sécher sur les pierres et la marée commence à monter.

— Tu as le temps.

— Les petits sacripants, ils vont me le payer si je dois tout remettre à sécher à cause d'eux, maugréa Antoinette en s'éloignant.

Au même moment, Daniel et Thomas s'approchaient délicatement des deux bouleaux qui leur avaient sauvé la vie et dont l'inclinaison faisait une ombre sur la rivière. Ils étaient tout intimidés. Les arbres, appuyés l'un sur l'autre, reposaient calmement. Contrairement à ce dimanche de tempête, le soleil plombait sur la forêt madelinienne. Sans cette atmosphère de paix, les deux garçons ne se seraient sans doute pas aventurés si loin du poste de pêche. Sauf que leur fugue était causée par la découverte d'un récit dont ils se voyaient déjà devenir les héros. Un récit plein d'effroi et de magie sorti de la bouche de ce diable de vieillard sous le sceau de la confidence. Une histoire qui avait provoqué chez eux une curiosité à ce point incontrôlable qu'ils n'avaient pas hésité à désobéir à leurs parents. Pour une fois, ils s'étaient refusés à partager leur secret avec Antoinette, non sans un certain remords.

— Elle finira par l'apprendre et elle sera fâchée.

— Nous lui dirons un jour, Thomas. Allons voir si nos sauveurs sont bien ceux que nous croyons. Après, nous en parlerons au monde entier, à commencer par Antoinette.

— Je serais rassuré si elle était avec nous.

— Cessons d'agir en peureux et allons-y, dit Daniel pour se donner de l'assurance.

— Passe devant, proposa Thomas.

— J'y vais !

Les deux garçons firent un pas vers des arbres qui cachaient, croyaient-ils, un secret aussi inquiétant que fascinant. Le flot de la rivière leur chatouillait les racines : on aurait dit un murmure. Le mouvement de l'air caressait leurs feuilles : on aurait cru entendre des paroles. Les paroles d'un refrain envoûtant qui s'emparait du paysage qui les environnait.

Les garçons marchaient vers un monde imaginaire. Ils entraient dans un jeu grandeur nature dont ils s'apprêtaient à explorer la virtualité. Les deux frères, qui ne se séparaient jamais, possédaient toute la détermination nécessaire pour aller au bout de l'aventure.

— Tu les entends?

— Oui, chuchota Daniel.

— Je pense qu'ils nous attendaient, supposa Thomas.

— Oui.

— Qu'est-ce qu'ils disent?

— Ils disent que nous nous sommes esquivés pour venir ici, fit Daniel, et que notre mère nous cherche partout.

— Elle est sûrement en colère, s'inquiéta Thomas.

— Ils savent que nous sommes des *garçons de grave*.

La grave, c'est ainsi qu'on nommait la grève couverte de galets où accostaient les pêcheurs.

— Ils savent aussi que le rôle des garçons de notre âge est de travailler le poisson et de garder l'entrepôt en bon ordre lorsque les pêcheurs sont au large, dit Daniel.

— C'est pas un jeu ça! bougonna Thomas tout en faisant mine de partir.

— Va-t'en pas, je voulais seulement t'inquiéter un peu, avoua son aîné.

— Commençons maintenant!

Jusque-là, leurs voix dépassaient à peine le bourdonnement de l'eau. Soudain, se tournant vers le plus gros des deux bouleaux, Daniel dit :

— Toi tu es Mathurin, et tes branches m'ont sauvé la vie avant-hier.

— Et toi tu es Nicolas, enchaîna Thomas, se saisissant des feuilles du plus petit.

La timidité qui avait immobilisé les garçons à leur arrivée disparut comme par enchantement. Ils jouaient maintenant avec les arbres comme avec des amis de toujours. Leurs rires montaient en éclat du

contrebas de la rivière. La magie opérait sur le temps et on entendait des dialogues flotter au-dessus de la forêt.

Un accent de folie s'emparait de l'atmosphère. Les deux bouleaux retrouvaient une vie depuis longtemps disparue des bords de la rivière de la Madeleine. Une vie qui ne serait pas réapparue sans le naufrage des enfants. Et, sans cet accident, Daniel et Thomas n'auraient jamais su comment les habitants de Mont-Louis s'étaient trouvés engagés dans une bataille cinquante-six ans plus tôt. Ils n'auraient pas non plus fugué pour revivre l'histoire insoupçonnée de Mathurin et de Nicolas.

7

Où commence, plusieurs années auparavant, le récit de Mathurin et de Nicolas

Été 1758

Ici commence le récit qui révéla à Daniel et Thomas le secret du Braillard de la Madeleine. Comme si elle ne s'était jamais tue, les garçons entendaient la voix du Normand leur raconter des exploits d'un temps éloigné. Une voix qui appartenait à une autre époque. Celle où le pays se nommait encore la Nouvelle-France.

Mont-Louis, comme vous l'avez sûrement

appris, était un poste de pêche réputé, et cela depuis le début de la colonie. Déjà, au siècle de Champlain, on y trouvait des installations permanentes. Au fil du temps, la propriété a changé de mains, mais la morue y est toujours demeurée aussi abondante. Arrivons-en à l'été de 1758, qui a brusquement changé le cours de nos vies.

Le village était peuplé d'engagés, recrutés pour l'été par le maître des lieux, le sieur Michel Mahiet. Il occupait avec son épouse, la belle Catherine Doyon, leur fils, Michel, et leur fille, Marie-Joseph, une grande maison de briques. Alentour, à proximité de la rivière, on dénombrait neuf maisons, sept entrepôts, des étables et des dépendances, sans compter les remises. Un village d'une trentaine de personnes.

Depuis le printemps, les goélettes du seigneur, La Marianne et Le Vigilant, étaient amarrées dans l'anse. Elles faisaient l'orgueil de ce fief de pêcheurs. La saison se déroulait pour ainsi dire normalement malgré les *nouvelles de la guerre entre la France et l'Angleterre, qui se faisaient de plus en plus inquiétantes. Cette guerre s'était dernièrement rapprochée des côtes gaspésiennes. Les Anglais voulaient prendre possession de la Nouvelle-France avec une plus grande détermination, à ce qui semblait, que n'en montraient les Français pour les en empêcher. Cette guerre durera finalement sept ans.*

Adossés aux troncs des bouleaux, les frères Boulay étaient fortement impressionnés par cette épopée. La voix, venue du passé, les poursuivait encore avec sa description d'événements inquiétants.

Sur ces bruits rapportés de fusils et d'épées, l'été prendrait bientôt fin. La pêche abondante avait permis de remplir les entrepôts de six mille quintaux de morue sèche. L'arrivée surprise d'un messager, venu prévenir les occupants de Mont-Louis que les Anglais avaient débarqué à Gaspé le 4 septembre, mit abruptement fin à toute idée de réjouissance. Mais chaque chose en son temps.

Le seigneur Mahiet possédait sa seigneurie depuis peu. Ce Normand de Grandville, un habitué des voyages de pêche dans la baie de Gaspé, avait tenu à s'entourer d'hommes en qui il avait confiance. Grand fournisseur de morue, la qualité des maisons témoignait de l'aisance des habitants de Mont-Louis, et de l'importance de ses revenus. Les pêcheurs et les graviers constituaient la main-d'œuvre principale. Toutefois, le sieur Mahiet désirait aussi implanter l'agriculture dans sa seigneurie nouvellement acquise.

Le commis, qui s'appelait Manceau, dirigeait le travail en l'absence du Seigneur. Il y avait plusieurs pêcheurs, dont Benoist et Fleury, des Grandvillois eux aussi, ainsi que les Quesnel, une famille de Bretons. Leurs fils, Mathurin, qui avait quatorze ans, et Nicolas, âgé de treize ans, avaient été recrutés pour travailler à terre, sécher le poisson et l'entreposer en attendant de le charger sur les goélettes.

Les fils Quesnel se satisfaisaient pleinement de leur rôle de graviers. Debout à l'aurore, le travail était dur, mais il leur restait du temps pour s'amuser. À la première occasion, ils pêchaient la truite dans la rivière. À leur âge, ils étaient presque aussi musclés que les hommes qu'ils assistaient journellement.

Mais l'homme le plus surprenant du poste de pêche était Guillaume l'agriculteur. Son influence auprès du seigneur lui venait de ses connaissances de la nature. Il savait en extraire des médecines, il parlait des arbres comme on parle des humains, leur attribuant des vertus que personne ne cherchait à contester. Tous les habitants du fief l'appelaient le druide.

Personne ne connaissait Guillaume avant qu'il mette les pieds à Mont-Louis. Les jours de pluie, ou les jours fériés par la volonté de la mer emportée, les deux Quesnel le retrouvaient pour ses explorations en forêt, ou encore pour l'aider dans son travail *de la terre. Il leur ouvrait un univers d'en-chantement, une manière de regarder la nature autrement.*

La façon qu'avait Floripar, la fille de l'agriculteur, de regarder Nicolas exprimait bien ce qu'elle ressentait pour lui. Ce qui n'était pas sans rendre Mathurin jaloux.

8

LÀ OÙ IL EST QUESTION
DE GUILLAUME L'AGRICULTEUR

Les Bretons, comme les Gallois et les Irlandais, appartenaient à la culture celtique dont les origines très anciennes se retrouvaient aussi loin qu'en Inde. C'est ce que Guillaume avait appris aux frères Quesnel. Les croyances des Celtes à propos des légendes, des mythes et des dieux ne s'apprenaient pas dans les livres. On les enseignait de vive voix.

Après l'invasion de leurs terres par les Romains, au début du premier millénaire, beaucoup de ces croyances avaient été récupérées par les religions.

Dans la Bretagne de ses origines, Guillaume avait été éduqué selon les valeurs survivantes de la culture celtique. Il avait grandi dans un milieu qui entretenait le souvenir du roi Arthur, de Merlin l'Enchanteur et de Morgane la fée. Jugés païens et barbares par les envahisseurs, les cultes des Celtes furent interdits et leurs druides, qui personnifiaient ces croyances, pourchassés. Ces druides, dont le nom signifiait très voyants et très savants, officiaient dans des forêts profondes. Leurs temples étaient dans la nature, là où ils éduquaient les enfants. On disait qu'ils étaient versés en toute science, qu'ils avaient des dons de prophétie ; maîtres des sortilèges, ils pouvaient déclencher des brouillards magiques et des métamorphoses. Les druides avaient une influence morale très grande, et ils savaient tout sur la forêt.

Les frères Quesnel connaissaient peu les

traditions de leurs ancêtres. Maintenant qu'ils pouvaient s'en instruire auprès de Guillaume l'agriculteur, ils y trouvaient un intérêt qui se serait autrement perdu dans leur nouveau pays.

Cependant, la curiosité de Nicolas pour le druidisme ne relevait pas seulement d'une fascination soudaine pour les anciens. Elle apparaissait plutôt inspirée par la fréquentation d'une fée de son âge.

— Mathurin t'a enfin laissé partir seul, dit Floripar.

— Je l'ai vu entrer dans les bois en compagnie de ton père.

— Mon papa, soupira-t-elle, va lui apprendre à préparer une autre de ces infusions qui guérissent la colique ou la fièvre.

— Tu le dis comme si tu ne croyais pas à leur efficacité.

— Voyons Nicolas, je voudrais ne pas y croire que je ne le pourrais pas avec le nom que mon père m'a donné. Floripar veut dire : « Née d'une fleur ».

Le garçon et la fille avaient marché jusqu'à l'extrémité de la plage, loin des maisons. Inspiré par les douceurs du temps, Nicolas approcha ses lèvres de la joue de Floripar rosie par le soleil et murmura qu'elle était la fleur la plus belle et la plus parfaite au monde. Le roulis de la marée montante avait peut-être réussi à couvrir ses mots incertains.

Le récit inspirait à Thomas de nombreux commentaires sur les péripéties vécues par les jeunes Bretons. Il demeura par contre muet sur la scène des fréquentations amoureuses de Nicolas. Il espérait surtout que Daniel ne l'agace pas encore avec une histoire de fille comme il le faisait parfois en parlant de leur voisine.

Il en fut quitte pour une courte inquiétude, car Daniel était beaucoup trop avide de connaître le prochain épisode pour commencer à énerver son frère.

9

LÀ OÙ IL EST QUESTION
DE GUILLAUME LE DRUIDE
ET DE LA BATAILLE DES ARBRES

Pendant que Nicolas contait fleurette à Floripar, plus loin en direction de la montagne :

— Tu te souviens Mathurin, je t'ai déjà enseigné que le mot arbre signifie lettre, dans toutes les langues celtiques, lui rappela Guillaume alors qu'ils avançaient dans la forêt.

— Les arbres de l'alphabet?

— Cherche un peu plus loin. Lettre, ça peut aussi vouloir dire mot, phrase, récit,

tout ce qui s'enseigne et qui s'apprend. Je t'ai déjà raconté que les druides établissaient leurs collèges dans les bois…

— … et tu m'as aussi dit que le druide était le « prophète du chêne ».

— Vrai, et que la plupart des mystères druidiques, qu'ils enseignaient à leurs élèves, utilisaient des petites branches de plusieurs arbres différents, poursuivit Guillaume.

Tout en parlant, il prit dans sa main l'une des branches qui encombraient le sentier.

— C'est simple finalement, résuma le garçon, les buissons leur servaient de classes et les branches de livres.

Mathurin s'assit sur un tronc et, souriant, imita l'attitude qu'il aurait eue à l'école.

— Si tu veux, répondit son professeur en agitant la baguette ramassée au hasard, sauf que leur enseignement était contenu dans des mystères poétiques, très anciens, que j'ai appris par cœur dans mon enfance.

— *Guillaume, druide de la Nouvelle-France*, fit Mathurin sur un ton prétendument solennel, *j'aimerais que tu me récites un poème, un de ces mystères poétiques de notre Bretagne ancestrale, comme tu dis souvent, ici, au beau milieu de la forêt gaspésienne.*

Il resta assis à sa place, attentif.

— *Tout de suite, mon jeune ami, sans perdre une seconde. J'en connais un qui relate un épisode troublant de notre existence, semblable à celui qui oppose présentement les Français et les Anglais.*

— …

— *Il t'aidera aussi à mieux comprendre la signification des arbres. Écoute-moi bien et je suis certain que tu trouveras vite l'explication des symboles qu'il contient.*

Montrant le bosquet, l'aulnaie derrière lui, Guillaume commença sa récitation du poème :

Les aulnes, en tête d'une troupe,
formèrent l'avant-garde,

les saules et les sorbiers
se mirent en rang à leur suite,
les pruniers, qui sont rares,
étonnèrent les hommes.

— *Est-ce que je devrais avoir compris ?*
— *Mathurin ! écoute attentivement les*
vers qui suivent :

Le cerisier joua les provocateurs,
le bouleau, malgré son esprit élevé,
fut placé à l'arrière,
non pas en raison de sa lâcheté,
mais bien de sa grandeur.

— *Je ne vois pas où tu veux en venir, dit*
l'élève qui semblait distrait par les oiseaux
qui retrouvaient en masse leurs nids au cou-
cher du soleil.
— *Et si j'ajoute que :*

L'orme et ses fidèles
ne bougèrent pas d'un pied.

Ils combattaient contre le centre,
contre les flancs et les arrières.

*— Je comprends. Cela signifie que les
arbres formaient un bataillon, ils étaient à la
guerre.*

*Mathurin se leva d'un trait et se tint
droit comme un soldat près d'un sorbier
dont les fruits n'étaient pas encore mûrs.
Guillaume reprit :*

Quant aux noisetiers, on peut juger
que très grande était leur rage
                                [guerrière.

— Ils se battaient !

*— Maintenant, comme disait mon
maître, dans la forêt éternelle de Brocéliande, tu découvriras un autre des symboles
de ce récit avec les vers suivants :*

Le chêne, rapide dans sa marche,
faisait trembler ciel et terre…

— *Le druide ?*

…ce fut un vaillant gardien contre
[l'ennemi,
son nom est fort considéré.

Le professeur voulait continuer, mais l'élève cherchait encore à l'interrompre :

— *Attends Guillaume ! Je pense que le chêne, autrement dit le druide, commandait une armée d'arbres dans une bataille. Mais contre quel ennemi, dis-moi ?*

— *C'est ça ! tu as trouvé. Mathurin, tu seras mon apprenti, déclara Guillaume à son jeune ami. Je t'ai récité un poème qui s'intitule : « Le combat des arbres ». Il explique comment les Bretons ont résisté à des envahisseurs, probablement des Saxons. À un moment donné, l'ennemi avait l'avantage du combat. Alors que la bataille tournait mal pour les Bretons, le chef dut recourir à un tour de magie : il transforma ses hommes en arbres.*

Guillaume semblait très troublé par cette évocation de l'histoire de ses ancêtres.

— Par enchantement?

Il y eut un silence.

— Ce fut une métamorphose comme cela se voit beaucoup dans la tradition celtique. Je vais t'expliquer comment cette transformation se produisit.

— Je t'écoute.

— Chaque arbre a son rôle et sa signification. Par exemple, l'aulne, dit-il en faisant bouger une branche de l'arbrisseau, c'est le Roi pêcheur. Il est partout. Le saule, précisat-il en le désignant au loin, est un arbre solaire parce que ses branches font penser aux rayons du soleil. Le sorbier, sur lequel tu t'appuies en ce moment, est utilisé pour ses pouvoirs mystiques, car ses branches font les meilleurs feux, et le chêne est la représentation d'un chef ainsi que tu l'as découvert toimême.

— Mais pas nécessairement un druide, contrairement à ce que j'ai dit plus tôt?

— *Vrai, le chêne peut représenter un roi ou encore un chef spirituel comme le druide. Nos légendes sont toujours mystérieuses, même dans leur interprétation.*

— *Alors dis-moi, Guillaume, quelle est la signification du bouleau ?*

Manifestement, la question fit grand plaisir au druide du nouveau monde, qui éprouvait une affection spéciale pour cet arbre. Il répondit :

— *Le bouleau est l'arbre des morts, selon une croyance nordique. C'est le feuillu que l'on trouve le plus loin vers le nord. Sous cette latitude, c'est le seul dont les feuilles meurent. Comme son nom est en rapport avec le verbe être en gallois, le bouleau est aussi désigné comme l'arbre de la vie. Il est donc à la fois l'arbre des morts et l'arbre de la vie. Mon vieux maître me répétait que son rôle se superposait à celui d'un dieu qui a le pouvoir de vie et de mort. Tu vois, tu as raison de t'y intéresser. D'ailleurs, l'un des plus beaux passages du poème que je t'ai récité ne dit-il pas :*

Alors le faîte du bouleau nous
      [couvrit de ses feuilles
et métamorphosa notre aspect flétri.

*Ainsi termina Guillaume d'une voix
sombre.*

— *J'imagine un être fantastique qui
tend ses bras au-dessus de nous pour nous
protéger et nous sauver la vie, dit le jeune
homme tout en se rapprochant de son très
voyant et très savant ami.*

— *Mathurin, verrons-nous un jour les
arbres de notre nouveau pays forcés de se
lancer dans la bataille? fit Guillaume, le
bras sur l'épaule de son protégé, qui demeu-
rait songeur.*

— *Est-ce la parole du druide ou celle de
l'agriculteur inquiet pour les siens parce que
la guerre se rapproche?*

— *Rentrons, la nuit va tomber.*

Il y eut ensuite dans toute la forêt ma-
delinienne un long moment d'émotion; même les oiseaux avaient des trémolos

dans leur chant. Daniel, Thomas, les arbres, les animaux, les poissons, les fleurs et les papillons, tous comprenaient que les derniers vers du poème s'adressaient aussi à eux par-delà les ans, que la poésie décrivait à sa façon le sauvetage survenu dans la rivière le dimanche précédent.

Le froufrou de la rivière demeura ininterrompu pendant un temps.

Les garçons se levèrent enfin et se mirent à examiner attentivement les arbres des alentours. La forêt avait tout à coup une signification nouvelle. Chaque essence, feuillue ou résineuse, leur disait maintenant quelque chose de plus. Finalement, ils revinrent l'un vers l'autre, chacun jouant avec une branche comme s'il maniait une épée. Mais l'histoire continua.

10

LÀ OÙ LE SIEUR MAHIET
SE REND À QUÉBEC

Août 1758

Le sieur Mahiet, seigneur de Mont-Louis, appareilla Le Vigilant *à la fin de l'été et se prépara à remonter le fleuve jusqu'à Québec. Fier d'annoncer à ses clients et associés que ses entrepôts débordaient de quintaux de morue, il rassembla un équipage parmi ses hommes et ordonna qu'on hisse les voiles de la goélette. Les engagés saisonniers montèrent à bord pour rentrer dans leurs terres. Le seigneur, inquiet des rumeurs de* guerre, se proposait de consulter les dirigeants de la colonie sur l'importance du danger. Ce n'est pas sans appréhension qu'il laissa derrière lui sa femme, ses enfants et les familles du fief.

La seigneurie, au terme de la saison, aurait voulu vivre encore longtemps dans la quiétude qui était la sienne. La pêche s'était révélée fructueuse au point que même les plus geignards trouvaient peu à redire. Comme c'était la règle, Manceau le commis prit la direction des opérations en l'absence du sieur Mahiet.

Depuis des semaines, les leçons de Mathurin sur la sagesse druidique et les révélations de la tradition celte se poursuivaient sans relâche. Dès que l'occasion s'offrait à lui, il courait retrouver Guillaume dans ses champs. L'agriculteur prenait prétexte d'une fleur, d'un fruit, d'une plante pour lui enseigner leurs vertus médicinales autant que leur valeur symbolique. L'engouement de Mathurin pour les travaux de la terre finit par inquiéter Manceau qui voyait son jeune gravier délaisser trop souvent le bord de mer. Le commis et le druide avaient résolu le problème un jour assis sur un billot pendant que le soleil achevait de s'enfoncer dans la mer devant eux.

L'intérêt de Nicolas pour les fleurs ne se démentait pas non plus. Floripar jardinait dans son regard comme dans ses sentiments. Toutes les fois qu'ils le pouvaient, on les voyait marcher à l'opposé de la rivière, vers La Pointe-Sèche, au début l'un près de l'autre, puis, peu à peu, main dans la main. Les amours de sa fille bénéficiaient de la sage complaisance de son druide de père. Peut-être même du chauvinisme de Guillaume? Que sa Floripar soit amoureuse de Nicolas ne soulevait pas d'objections, car ce dernier avait déjà gagné toute son estime. Mais, que le garçon Quesnel soit Breton, dans ce fief habité en majorité par des Normands, même aimables comme le sieur Mahiet, n'était pas sans le réjouir.

Mathurin, de son côté, cachait mal sa jalousie. Il n'en voulait pas à Nicolas d'avoir eu la préférence de Floripar. C'est de l'amour qu'il était jaloux. Lorsqu'il les voyait se regarder avec dans les yeux des lueurs que même les magies celtiques ne pouvaient décrire, son romantisme le faisait souffrir. Il rêvait qu'une déesse sortait de la forêt et venait l'embrasser sur sa couche de sapin.

Le sieur Mahiet absent, le hameau profitait de la bonté des jours non sans une certaine inquiétude. Les goélettes, qui remontaient le golfe à l'occasion, propageaient une rumeur de poudre et de feu.

11

Comment deux régiments sèment la panique

Septembre 1758

Sur un ton maladroitement militaire, Thomas intima à Daniel l'ordre de se mettre en garde et, pendant de courtes minutes, on entendit dans la clairière deux lames de véritable bois d'aulne se livrer un duel qui se termina lorsque la plus fragile se brisa et que son propriétaire se montra plus désireux de revivre la suite de l'histoire que de se tailler une nouvelle épée.

Le messager arriva à l'aube, après avoir

franchi les dernières lieues de nuit afin d'éviter les éclaireurs ennemis. C'était un métis fort connu dans le pays. Il parcourait régulièrement la côte pour apporter les nouvelles d'un poste de pêche à l'autre jusqu'à la pointe de Gespeg, comme on dénommait Gaspé dans la langue des Micmacs, qui habitaient la Gaspésie à l'arrivée des Blancs.

En toute intelligence, le Métis se rendit sans retard chez le sieur Mahiet pour lui livrer le message dont il avait été chargé. Comme de raison, madame Catherine, son épouse, était seule dans sa grande maison de briques, avec ses deux enfants. Sans hésiter un instant, l'homme partit trouver le commis dans son bureau parmi les entrepôts et lui dit : « Les Anglais ont débarqué à Gespeg et ils remontent la côte. Vous êtes en danger, ils brûlent tout sur leur passage. »

— Pas La Marianne, s'exclama Manceau dans l'énervement du moment. Et le seigneur qui ne rentrera pas avant dix jours au mieux !

— *Fuyez, sinon ils vont vous capturer comme ceux de Gespeg et de Grand-Étang, qui ont été surpris.*

— *Je dois réunir les hommes*, décida sur-le-champ le commis.

Dans le quart d'heure qui suivit, ils se rassemblèrent dans l'entrepôt de l'ouest pour entendre le messager, dont les renseignements étaient précis et détaillés. Le Métis appris alors à ceux de Mont-Louis que le général Wolfe avait débarqué à Gaspé pour vider la côte de la présence française. Il dit aussi que deux régiments, commandés par Bragg et Ausruther, étaient partis le 14 septembre en leur direction.

— *Combien d'hommes?* demanda le commis.

— *Une centaine*, précisa le messager.

«Nous sommes perdus», fut le sentiment de la majorité. Pendant un long moment, on n'entendit plus parler que de sang et de mort. Les pères se préoccupaient du sort de leur famille.

L'automne arrivait, les nuits devenaient fraîches, il n'était donc pas question de se réfugier longtemps en forêt. Aussi bien admettre que la panique s'emparait des habitants du fief. Aucun n'était préparé aux choses de la guerre. Ils en imaginaient déjà les conséquences : les provisions détruites, le village brûlé, rasé, les familles séparées et déportées, ensemble dans le meilleur des cas, sinon les hommes emprisonnés dans les geôles de l'ennemi, pis encore, tués. Le danger fait toujours peur, mais lorsque l'horreur se dirige vers soi de manière aussi inévitable, celle-ci est ressentie dans chaque partie du corps. Nicolas aurait voulu s'enfuir avec Floripar.

— Essayons de reprendre la maîtrise de nos moyens, se mit à répéter Guillaume le druide en se promenant parmi les hommes. Nous ne sommes pas nombreux, c'est une évidence, sauf qu'il nous faut tirer parti de la situation et cesser de nous affliger. Autrement, je veux entendre ce que vous avez à proposer.

Guillaume n'avait pas lui non plus de solution au moment où il parla aux hommes. Il fut convenu qu'ils se retrouveraient quand le soleil serait au plus haut. Alors seulement ils établiraient leur stratégie pour affronter les Habits-Rouges du général Wolfe.

12

LÀ OÙ EST RAPPORTÉE L'AVENTURE DES FANTASSINS DÉPENAILLÉS

Le conciliabule fut court, le plan de Guillaume débattu, et on se mit d'accord sur la manière de l'exécuter. Les hommes prirent leurs haches, leurs fourches et leurs gaffes avant de partir par la route des grèves en direction de la rivière de la Madeleine. Pour y parvenir, il leur faudrait traverser bon nombre de petites rivières.

Ils avaient parcouru la plus grande partie du trajet quand, soudain, ils firent une découverte qui en troubla plusieurs : sur les

bords d'un minuscule cours d'eau anonyme, ils trouvèrent une épée cassée en deux et les épaulettes d'un militaire. Aucun autre indice de ce qui avait pu advenir ne subsistait dans les parages. Rien ne laissait croire qu'on s'était battu ou que l'éclaireur envoyé par les Anglais avait été tué. Car toute la troupe avait conclu sans hésiter qu'il s'agissait bien de l'arme et des ornements d'un Habit-Rouge.

— Le Métis ne nous a peut-être pas dit tout ce qu'il savait? risqua Manceau le commis.

— Qui nous dit que les régiments n'ont pas déjà traversé la rivière de la Madeleine? avança Fleury, un pêcheur normand.

— La honte infligée à leur éclaireur, s'il n'est pas mort, les rendra fous de rage, osa prédire Mathurin.

— Enterrons l'épée et les épaulettes, dit Guillaume le druide, et poursuivons notre marche. Soyons sur nos gardes.

C'est ainsi que ces fantassins dépenaillés, et armés pour pêcher la morue et cultiver les légumes, se remirent en route pour la bataille, la seule dans la vie de cette infanterie improvisée.

À ce point du récit, Daniel exprima son admiration pour les habitants de Mont-Louis auxquels il s'identifiait. Il dit à son frère qu'il regrettait de ne pas avoir vécu à cette époque, car il aurait aimé se joindre à leur équipée. Thomas le laissa dire mais, en son for intérieur, il se trouvait chanceux d'échapper à la vraie guerre. La suite des événements l'inquiétait.

Le vaillant escadron se rendit à destination sans rencontrer d'opposition. L'automne commençait et les arbres prenaient des couleurs. Le soleil touchait sans effort les remous paresseux pendant qu'on entendait les animaux s'activer en prévision de l'hiver. Des saumons redescendaient hâtivement vers la mer. On ne pouvait croire qu'il s'agissait d'un jour de guerre. Les hommes repérèrent l'endroit où les soldats, estimaient-ils, traverseraient à gué la rivière de la Madeleine.

L'infanterie baroque entreprit de déployer sa stratégie, qui consistait à refouler les soldats ennemis dans la rivière. L'embouchure étant trop profonde, ils en déduisirent qu'il fallait les attendre en amont où ils réussiraient à leur bloquer le passage. Guillaume proposa de les surprendre en transformant leur boiteuse équipée en une forêt qui marche. Les hommes adoptèrent les camouflages que le druide leur désigna : les pêcheurs, avec Benoist à leur tête, se déguisèrent en aulnes, Fleury en sapin et le commis en saule. Il demanda aux frères Quesnel de se métamorphoser en bouleaux, à son fils en sorbier, tandis qu'il se réservait le chêne.

On vit des végétaux se déplacer d'un pas rapide. Les animaux ne furent pas les moins surpris. Les chevreuils, les écureuils ne savaient plus quelle position adopter. Même la chienne de Guillaume, qui l'avait suivi, ne cessait de grogner.

13

OÙ L'ON VOIT UNE FORÊT QUI MARCHE

Les choix de Guillaume le druide, dans la métamorphose de sa troupe, s'expliquaient à la lumière de ses croyances. L'identification d'un homme à un arbre donné révélait aussi l'opinion qu'il avait de cet homme.

Les pêcheurs constituaient la majorité du groupe : quoi de plus logique que de disposer une haie de ces fantassins en première ligne avec Benoist, l'un des meilleurs des leurs, pour les diriger ? Qui a déjà essayé de traverser un bosquet d'aulnes sait combien ils pouvaient encombrer les abords de la rivière.

Fleury aussi aurait pu conduire les pêcheurs, mais Guillaume voulait sans contredit lui accorder une marque d'estime en lui confiant le sapin d'où les oiseaux s'envoleraient à l'arrivée de l'ennemi. En attribuant le saule à Manceau le commis, il respectait le rang que celui-ci occupait dans le fonctionnement du poste de pêche : le saule est non seulement en relation avec le soleil, mais aussi avec le sel. N'était-ce pas le rôle du commis de les éclairer et de distribuer le sel aux pêcheurs ?

L'affection de l'agriculteur pour les frères Quesnel se confirma lorsqu'il leur demanda d'incarner les bouleaux dans son bataillon forestier. Mathurin se souvint alors des mots de Guillaume sur cet arbre, ce qui lui noua la gorge d'émotion. Le sorbier était utilisé par les druides pour ses pouvoirs magiques ; au moment de l'attribuer, il ne pouvait que s'en remettre à son fils, plus jeune que Floripar. Personne ne lui contesta le privilège de porter bien haut les branches du chêne et de commander sa verte infanterie, que l'automne avait décorée par avance, quoi qu'il dût advenir d'elle.

Pendant l'attente, le siège de la rivière en quelque sorte, Guillaume circulait parmi les hommes, les rassurant de ses paroles dans l'espoir qu'ils conserveraient leur détermination. Alors que les Bretons le suivaient volontiers, les Normands ne cachaient pas leur scepticisme, certains menaçant même de s'enfuir.

Lorsqu'il se retrouva auprès de Mathurin et de Nicolas, le druide leur récita quelques épisodes valeureux de l'histoire de la Bretagne. Tout à coup il devint énigmatique. Il semblait, pour lui-même, à la recherche d'un surcroît de force et de courage.

— Guillaume, nous allons nous en remettre à la magie de ton maître, qui pense sûrement à toi, pour remporter cette bataille, dit Mathurin. Je te promets que nous irons un jour, Nicolas et moi, dans la mythique forêt de Brocéliande où il est encore, mais sauvons d'abord Mont-Louis de la destruction.

14

COMMENT L'HISTOIRE FRANCHIT
LE TEMPS ET REVIENT À L'ÉPOQUE
DE DANIEL ET THOMAS

7 juin 1814

Des années et des années plus tard, tandis que la végétation abondait sur la rive ouest de la rivière de la Madeleine, que la berge en pente se trouvait buissonneuse, une étonnante agitation compromettait la paix dans le pays :

— Toi, tu es le pêcheur devenu un aulne, reprit Daniel pour que l'action se poursuive, et je suis un soldat qui sort de la rivière.

— Je te donne une jambette qui te fait tomber dans les bras du bouleau, enchaîna immédiatement Thomas.

— Un autre soldat arrive.

— Je lui envoie un coup de branche sur le nez.

— Et un troisième…

— Il s'enfarge les pieds dans une racine et tombe la tête la première dans le sapin.

— Les oiseaux ont peur et s'envolent en criant.

— La bataille commence pour vrai.

— Le chêne donne des ordres.

— Le sorbier lance ses fruits dans les yeux de l'ennemi.

— Le saule court à gauche.

— Le sapin fonce sur de nouveaux soldats, qui essayent de sortir de la rivière, pour les égratigner.

— La chienne de Guillaume aboie.

— Il y a de plus en plus de soldats qui traversent.

— Les aulnes n'arrivent plus à les faire tomber.

— Tous les arbres vont dans toutes les directions, le chêne a de la difficulté à commander ses hommes.

— On dirait que les soldats poussent entre les arbres.

— Pendant l'escarmouche, Nicolas s'emmêle les pieds et Mathurin se dresse devant lui pour l'empêcher de tomber dans la rivière, dit Thomas complètement essoufflé.

— La bataille est finie, constata Daniel en se laissant choir dans les douceurs des fougères tapissant le sous-bois.

La scène se figea dans un ciel parfaitement bleu. Il n'y avait que la forêt qui grésillait pendant que l'eau roulait dans ses remous.

Les deux garçons auraient voulu voir de leurs propres yeux tous les détails de la bataille des arbres qu'on leur avait racontée. Rien n'aurait pu empêcher ces curieux de revenir auprès du gros Mathurin et du petit Nicolas. Au début, ils furent intimidés, n'avançant qu'avec inquiétude dans ce lieu qui cachait des secrets fascinants. Le courant de la rivière les obligea à hausser la voix plus qu'ils ne l'auraient voulu. Les garçons se retrouvèrent alors parmi les combattants de la verte infanterie. Ils marchèrent aux côtés des arbres de cette forêt magique. Quelle fierté de faire équipe avec les frères Quesnel ! Leurs amis. Leurs protecteurs. Ils reconnaîtraient à jamais leurs cris entre tous.

Épuisés par tant d'escrime, les jeunes Boulay se reposaient allongés sur le dos, cherchant un nuage.

— Je me suis agrippé à Mathurin, dimanche, et la chaleur de son écorce m'a réchauffé les mains, dit Daniel.

— Antoinette hurlait de peur dans la rivière.

— Il m'a aidé à me sortir du courant, poursuivit l'aîné.

— J'ai tout vu, j'étais caché là, confirma Thomas, désignant une zone sablonneuse sous Nicolas le petit bouleau.

— Penses-tu qu'Antoinette va nous croire ? Nous lui raconterons ce qui est arrivé, dit fébrilement Daniel. Exactement comme dans le poème de Guillaume, les bouleaux nous ont recouverts de leurs feuilles, et ils nous ont sauvé la vie.

Thomas faisait signe que oui :

— Elle sera quand même fâchée contre nous !

15

Le plus gros secret
de la rivière de la Madeleine

Antoinette apprit sans délai pourquoi les garçons avaient fugué ce jour-là aussitôt qu'elle avait eu le dos tourné. Elle fut immédiatement touchée par l'histoire de Mathurin. Elle comprit que ce beau garçon, musclé et romantique, avait souffert de ne pas rencontrer l'amour, esseulé dans son poste de pêche toute une saison. Comme lui, elle avait vu les fleurs éclore sans qu'on en fasse des bouquets, la chaleur s'abattre sur des prairies sauvages sans qu'on y coure en se tenant la main ; maintenant que venait le temps des fraises, elle savait, sans qu'on le lui explique, quelle émotion ce serait de les cueillir auprès de lui. Le soir venu, son âme devinait les compliments qu'un garçon murmure devant le ciel effiloché sur les vagues qui mouraient à ses pieds.

Avant que ses frères n'aillent au lit, elle recréait avec eux, jour après jour, les exploits des Quesnel. Ils devenaient, au fil des événements, des héros fabuleux. Cette intimité permettait de découvrir leurs secrets et de les protéger comme des amis.

Les dimanches leur étaient désormais consacrés. Plutôt que les rituels et autres pèlerinages qui se déroulaient ailleurs, le trio disparaissait, sur l'eau ou dans le sentier, pour se diriger vers le théâtre d'une rencontre dont il connaissait seul le décorum. Les semaines se passèrent ainsi de juin à août.

Cela débutait chaque fois par un parcours de reconnaissance. Les fantassins étaient encore tous là, dans le surplomb de la rivière, à déjouer des ennemis qui renaissaient dans les histoires de guerre. Les aulnes s'emmêlaient dans leurs branches à force de grandir, le sorbier, mature, rougissait plein ses rameaux, tandis que le chêne, vieilli, semblait vouloir passer l'éternité avec les dieux des uns et des autres.

Pour compléter ce tour de respect et de courtoisie, venait le moment de saluer les amis, toujours aussi impétueux bien que leur écorce perdît de sa blancheur, et qu'elle gerçât sous l'effet répété des saisons. Malgré les nombreuses années, ils étaient demeurés les mêmes garçons, Mathurin qui s'initiait aux enseignements du druidisme pendant que Nicolas attendait de revoir Floripar. Les visiteurs passaient sous silence le fait qu'elle avait été la seule fille du fief, et que Mathurin se morfondait sans amour.

Antoinette entendait ce dernier lui dire

qu'il la trouvait jolie. Elle aimait se l'imaginer les cheveux foncés, bouclés, les yeux pers, le visage carré, le nez fin et le sourire timide. Il la regardait comme personne ne la voyait au hameau, car il n'y avait aucun garçon de son âge. Elle collait son corps contre lui, le pressait entre ses seins, le réchauffait contre son ventre et attendait en vain qu'il la serre dans ses bras. Et lorsque Daniel et Thomas réapparaissaient par le sentier, elle revenait au présent, se recomposait une insouciance pour manger des fruits sauvages ou pour jouer avec eux. Alors, assis en cercle, ils se creusaient les méninges pour que l'histoire de Mathurin et de Nicolas s'enrichisse d'un nouveau détail, comme à chacune de leurs visites.

La manière que les bouleaux avaient de s'appuyer l'un sur l'autre intriguait les trois explorateurs. L'angle inhabituel du petit qui touchait le gros, plus haut que leurs mains tendues, avait presque complètement usé l'écorce à cet endroit. Il

s'agissait d'une plaie causée par le frotte-
ment des deux arbres lorsqu'ils s'agitaient
au vent. Une friction qui ne pouvait que
faire du bruit. Et causer une douleur qui
obligeait à hurler, comprit Thomas.

Conspiratrice, Antoinette entreprit
aussitôt d'expliquer aux garçons qu'ils
possédaient désormais le plus gros secret
de la rivière de la Madeleine. Leurs amis
criaient dans la tempête, mais il ne fallait
révéler ce fait à personne. Tous les gens qui
passaient par le poste de pêche voulaient
faire taire le Braillard. La plupart à cause
de la peur qu'ils éprouvaient en entendant
ses plaintes, et les curés parce qu'ils ne to-
léraient pas la concurrence d'un autre
mystère. Pas même à Méphistophélès qui
croyait toujours que Marguerite de Roberval pleurait sur la terre des démons en
compagnie de sa chipie d'arrière-grand-
tante normande. Il pourrait envoyer un
homme les abattre pour prouver qu'il avait
raison.

16

FIN AOÛT, L'ABBÉ PAINCHAUD
S'AVANCE DANS LA FORÊT

28 août 1814

Les semaines d'insouciance cessèrent brutalement au moment où la goélette de l'abbé Painchaud fit escale dans la rivière. C'était aux derniers jours du mois d'août.

Pendant que l'abbé s'avançait dans les bois, seulement ralenti par les rafales de vent et sa soutane qui se déchirait sur les chicots, le Normand décrivait au serviteur du prêtre, Joseph Dion, les épisodes mouvementés de sa vie sur la côte. Comme la veille, quand la *Trois-Mille-Clous* fut contrainte de jeter l'ancre dans la rivière, les habitants entendaient encore des lamentations qui les saisissaient de hantise. Des jérémiades, des sanglots qui perdaient peu à peu de leur intensité avec l'essoufflement de la tourmente.

— J'ai connu le sieur Mahiet, moi, monsieur Dion, fit le vieux barbu en le troublant de son regard d'un autre monde. C'était un Normand comme de raison. Il m'avait recruté pour pêcher l'année où il est devenu le seigneur de Mont-Louis. Votre abbé possède une belle goélette, je ne conteste pas ça, mais si vous aviez vu *La Marianne* qui reluisait dans l'anse, votre jugement aurait penché du même côté que le mien, poursuivit-il.

Le serviteur écoutait sans se risquer à contester les propos de l'homme qui gardait son chapeau calé sur les yeux, même dans la maison.

— Votre abbé perd son temps, c'est pas avec une hache qu'il va venir à bout du Braillard, reprit-il sur un ton de défi. On calme pas les âmes en peine avec des outils comme celui-là, dit-il énigmatique.

L'autre le regardait d'un air contrit. Devinant les pensées de Joseph Dion, il ajouta :

— C'est pas avec des prières non plus.

Le serviteur de l'abbé ne voulait pas contrarier son hôte empêché de sortir au large par la hauteur des vagues. Il savait, comme la plupart des gens, que Mont-Louis avait été rasé par les Anglais l'année même où le sieur Mahiet en avait pris possession. Curieux, il essaya de relancer le Normand sur le sujet en lui demandant s'il était présent au moment du désastre.

— Le seigneur est rentré de Québec peu après l'heure où ils sont arrivés. Il leur a offert une rançon, mais ils n'ont rien voulu entendre. Les conséquences ont été celles que les hommes avaient imaginées quand le messager était venu nous prévenir : les maisons brûlées, les entrepôts saccagés et tout le monde fait prisonnier.

— …

— Les soldats ont exécuté les ordres. Tous les habitants ont été mis à bord des goélettes du seigneur pour se rendre à Gaspé. Finalement, ils nous ont déportés en France avec tous ceux de la péninsule qui avaient été pris. Nous avons malgré tout été plus chanceux que les pauvres Acadiens.

Joseph Dion était impressionné de se retrouver devant un survivant de l'Ancien Régime. Lui, qui bourlinguait avec l'abbé depuis des années, il avait entendu parler d'une autre version de l'invasion, celle d'une bataille, que l'on chuchotait parce qu'elle semblait trop mystérieuse pour être révélée au grand jour.

— Justement jeune homme, fit le Normand, qui pouvait se permettre d'appeler le visiteur ainsi vu son âge vénérable, il

s'agit d'une version que je réserve aux enfants parce qu'il n'y a qu'eux qui la com-
prennent.

Telle fut sa réponse. Le serviteur se
trouva incapable d'ajouter un mot.

— Le vent ne tardera pas à tomber. Le
temps est venu de se préparer à prendre la
mer, ajouta le vieux hâbleur en se levant, ce
qui réveilla le chat, blanc comme sa barbe,
roulé à ses pieds.

17

Pendant ce temps, Antoinette, Daniel et Thomas sont désespérés

À quelques enjambées de la maison du Normand, Antoinette accourut vers ses frères, qu'elle entraîna du côté de la rivière pour leur révéler, dans son essoufflement, qu'un abbé s'était promis d'apaiser le Braillard avec une hache. Cette annonce percuta l'assurance que les enfants avaient d'être les seuls à connaître le secret de ce hurleur qui était devenu leur ami. D'abord convaincu que la mission de l'abbé ne mènerait à rien, Daniel s'efforça de rassurer sa sœur. Il se moqua du projet de l'homme qui n'avait jamais exploré la forêt de la rivière de la Madeleine. Et même, il craignait qu'il ne s'égare, qu'il ne s'enfonce dans les savanes ou encore qu'il perde pied et tombe dans la chute du Grand-Sault. Plus il en parlait, plus Daniel se convainquait des dangers que courait l'homme de robe : il risquait d'être dévoré par un ours, de mettre le pied sur un porc-épic ou de glisser dans une crevasse dissimulée sous les herbes.

— Le mieux serait de lancer une expédition à ses trousses et de le ramener avant qu'un malheur lui tombe dessus.

— Il vente, Daniel, et l'abbé Painchaud a beau ne pas connaître le Braillard, il va finir par s'orienter et le découvrir.

Thomas n'était pas tranquillisé par les arguments que Daniel s'efforçait de trouver. Impressionné par la douleur que Mathurin et Nicolas enduraient déjà, il s'imaginait le taillant de la hache de l'abbé enfonçant les flancs doux de ces paisibles fantassins, et l'émotion défit les mots qu'il allait dire.

En ce lendemain d'orage, la rivière gonflée semblait pressée de se rendre à la mer. Le bruit des hautes vagues à crêtes blanches, qui tentait de la repousser dans l'estuaire, isolait la conversation des enfants des autres habitants du poste de pêche.

Où trouver des alliés, où appeler à l'aide sans révéler leur secret ? Antoinette, pas plus que ses frères, ne voyait de solution, et le temps passait vite. Le Normand farfouillait dans sa barque avec l'air de déplorer qu'elle ne soit pas au large.

— Inutile de penser à Méphistophélès, fit Antoinette. La seule chose qui l'intéresse, c'est la mer, et il a promis de ne plus jamais remettre les pieds dans les bois. Il prétend que ça fait plus de cinquante ans qu'il n'y va plus.

Pas question non plus de demander à leur père d'intervenir. La fugue des garçons n'était pas passée inaperçue : « Vous passerez tous vos dimanches à découvrir l'arrière-pays, leur avait-il dit, mais vous attendrez qu'Antoinette vous accompagne. Moi, j'ai pas de temps à perdre à jouer dans les arbres. »

La journée passa sans qu'une solution fût trouvée. Déprimés, les enfants Boulay durent se résoudre à attendre dans l'inquiétude le retour de l'abbé.

Vers la fin de l'après-midi le vent tomba et les plaintes qui l'avaient accompagné depuis deux jours cessèrent avec lui. L'anxiété des jeunes gens augmenta d'un degré, si cela était possible, en particulier celle des garçons. Ils voulaient qu'Antoinette leur explique : est-ce que le Braillard s'était tu faute de vent ou encore sous la hache qui le menaçait depuis le matin ? Ils n'étaient pas les seuls à se poser la question. Tous les habitants du hameau

attendaient avec impatience le retour de l'abbé Painchaud pour connaître la réponse.

On le vit apparaître à l'heure du souper, fatigué, la soutane en lambeaux comme s'il avait combattu un loup-cervier, sans que sa hache à la ceinture porte aucune trace de sang. Il fit une entrée solennelle de la nature de celles qui réjouissent les curés. Il savait que les gens attendaient ses paroles avec fièvre et qu'on l'écouterait avec avidité. Joseph Dion accourut et ils tinrent un court conciliabule avant que le prêtre ne s'adresse à tous les habitants du poste de pêche réunis devant la maison du Normand. Peut-être le serviteur voulait-il informer son abbé des opinions du vieux sur son expédition ?

Antoinette et ses frères préférèrent ne pas se tenir au premier rang. Ils attendaient avec les autres que le missionnaire se décide enfin à parler. Ils le virent se donner la contenance qu'il devait avoir quand il se préparait à faire un sermon. Puis, l'abbé Painchaud déclara : « Vous n'entendrez plus le Braillard de la Madeleine ; je lui ai réglé son compte. » Ce furent ses seules paroles avant qu'il remonte sur sa goélette et poursuive son voyage.

18

LES ENFANTS REDOUTENT
UN MASSACRE

La déclaration de l'abbé consterna Daniel et Thomas. Seule une intervention d'Antoinette les empêcha de courir, sur-le-champ, vers le sentier pour vérifier ses dires. Elle réussit à les convaincre d'attendre le dimanche suivant avant de retourner sur le site où l'infanterie de Guillaume s'était déployée.

L'impatience des garçons ne pouvait être plus grande. Ils s'étaient joints, depuis le début de l'été, à des fantassins fabuleux.

Avec eux, ils avaient guerroyé contre des soldats dont les descendants patrouillaient encore le pays. Leurs héros étaient à peine plus âgés qu'eux. Fallait-il, après toutes ces années, qu'ils soient tombés sous les coups d'une pauvre hache ?

Contrairement à Joseph Dion, le serviteur de l'abbé, Daniel et Thomas avaient entendu de la bouche de Méphistophélès le récit de la bataille de l'aulnaie et des arbrisseaux orchestrée pas ce druide de Breton. Le lendemain de ce dimanche désastreux où ils chavirèrent dans la rivière, le Normand, informé de leur mésaventure, les prit à part au moment de nettoyer sa barque avant la brunante. Reconnaissant dans la description que les garçons en donnaient l'endroit où les Anglais avaient traversé le cours d'eau, en septembre 1758, le vieux leur révéla à sa manière sa dernière année à Mont-Louis.

Plus son récit progressait et plus ses jeunes auditeurs voyaient disparaître l'expression bourrue de son visage, qui devenait celui d'un aïeul encore ému, chargé de peurs indélébiles et de rêveries magiques. Les garçons eurent droit à la version que le Normand disait réserver aux enfants. Elle correspondait en tout point à l'aventure que Mathurin et Nicolas avaient vécue. Depuis cinquante-six ans, depuis sa déportation, il réinventait tous les jours la reconquête de sa terre d'adoption.

Arriva enfin le moment de retourner en forêt pour les enfants de la famille Boulay. Que découvriraient-ils au bout de leur course? À en juger par leur essoufflement, ils redoutaient un terrible massacre. Au bout du sentier, anxieux, prêts à se boucher les yeux, ils regardèrent droit devant. Les bouleaux resplendissaient debout, forts et solidaires, comme tous les jours. La hache de l'abbé les avait épargnés. Ils continueraient longtemps de surveiller la rivière, même après que les garçons seraient devenus grands, ils en étaient certains.

Un mois environ après que la *Trois-Mille-Clous* eut appareillé pour La Pocatière, avec à son bord un abbé fier de l'effet causé par sa déclaration, les pêcheurs quittèrent aussi le poste de pêche pour hiverner dans la région de Québec. En ne s'expliquant pas sur la façon dont il avait réglé son compte au Braillard, Painchaud avait non seulement évité de discuter avec le Normand intraitable, mais il avait aussi embobeliné tout le monde dans un mystère qui servait sa cause. Son message était simple : toutes leurs explications païennes étaient fausses et seule une intervention d'inspiration divine pouvait y mettre fin. C'est ce que le vieux à barbe blanche ne se gênait pas pour insinuer.

« N'empêche que nous n'avons pas réentendu la moindre plainte sortir des montagnes depuis le passage de l'abbé », lui objectaient les habitants du hameau. « Attendez les tempêtes d'automne, répliquait le Normand, vous m'en reparlerez. »

Une autre légende se mettrait à circuler, à compter de cette époque, voulant que l'abbé Painchaud ait abattu deux épinettes lorsqu'il était rentré dans la forêt de la rivière de la Madeleine. Cela aurait entraîné la mort du Braillard qui terrorisait la population et les voyageurs.

De son côté, Antoinette repartit du poste de pêche avec une autre explication qu'elle ne partagea avec personne. Tout l'été elle avait eu la certitude de découvrir les secrets que la rivière cachait dans ses détours. Maintenant que l'âme de Mathurin avait connu l'amour, elle pouvait, croyait-elle, quitter l'arbre qui la retenait, délivrée à tout jamais. Antoinette monta sur le bateau, convaincue que Mathurin et Nicolas habiteraient encore longtemps la forêt de la Madeleine. Aussi longtemps qu'elle et ses frères leur conserveraient leur amitié.

NOTE DE L'AUTEUR

Plusieurs des personnages et des événements de ce roman sont tirés de la réalité. En août 1814, l'abbé Charles-François Painchaud et son serviteur, Joseph Dion, sont effectivement arrivés à la rivière de la Madeleine sur la goélette la *Trois-Mille-Clous*. Un matin, l'abbé s'est enfoncé dans la forêt, une hache à la ceinture, pour s'attaquer à la légende du Braillard de la Madeleine.

De même, l'épisode de la guerre de Sept Ans rapporté ici est fondé sur des faits historiques. Le 4 septembre 1758, les Anglais conduits par le général Wolfe débarquèrent à Gaspé et deux régiments, venus à pied, s'emparèrent de Mont-Louis le 19 septembre. Mont-Louis était alors une seigneurie propriété du sieur Michel Mahiet. Il y habitait avec sa femme Catherine Doyon, leur fils Michel et leur fille Marie-Joseph, le commis Manceau, les pêcheurs Benoist, Fleury et plusieurs autres. Trente personnes résidaient dans le fief. Toutes furent capturées et amenées à Gaspé sur les goélettes *La Marianne* et *Le Vigilant*, propriété du seigneur, puis déportées en France.

Par ailleurs, les vers cités au chapitre 9 sont extraits d'un mystère poétique, selon la version de Jean Markale, paru sous le titre « Combat des Arbrisseaux », qui apparaît dans son livre *Les Celtes et la culture celtique.*

TABLE DES MATIÈRES

MISE EN PAGES ET TYPOGRAPHIE :
LES ÉDITIONS DU BORÉAL

ACHEVÉ D'IMPRIMER EN OCTOBRE 2000
SUR LES PRESSES DE L'IMPRIMERIE AGMV MARQUIS
À CAP-SAINT-IGNACE (QUÉBEC).